帶我去嘛！

筒井賴子 文　林明子 圖　游珮芸 譯

玲玲在玩的時候，
哥哥想從房間偷偷溜出去。

玲玲拉住哥哥。

「哥哥，你要出去玩啊？
我也要去。」

「不行！你很煩耶！
玲玲不是有小妹妹了？」
哥哥抓起玲玲的洋娃娃，
想要拿給玲玲。
「啊！不要碰她！
小妹妹剛剛才睡著耶！」

「你看啦， 你把小妹妹吵醒了。 她好可憐唷……。
乖乖、 乖乖……。」
玲玲在哄洋娃娃睡覺的時候，
哥哥偷偷從房間溜了出去。

玲玲跑去追哥哥。

「哥哥，等我！我也要去。

不要丢下我！」

「真是的！ 好吧， 今天就算了。
我不出去了……。 來看書好了。」
哥哥開始看書。

「哥哥， 你不出去了？ 真的嗎？
好吧， 那我也不出去了。 來看書好了。」

玲玲也開始看書。
「從前、從前，
有一個老爺爺……」

玲玲有點睏了。
當玲玲迷迷糊糊快睡著時，
哥哥又想偷偷
溜出去。

玲玲突然醒了過來，
把哥哥逮個正著。
「哥哥，我也要去！
帶我去嘛！」

「好ㄏㄠ啦ㄌㄚ好ㄏㄠ啦ㄌㄚ，真ㄓㄣ拿ㄋㄚ你ㄋㄧ沒ㄇㄟ辦ㄅㄢ法ㄈㄚ。帶ㄉㄞ你ㄋㄧ去ㄑㄩ吧ㄅㄚ。」
哥ㄍㄜ哥ㄍㄜ終ㄓㄨㄥ於ㄩ投ㄊㄡ降ㄒㄧㄤ了ㄌㄜ。
「路ㄌㄨ上ㄕㄤ不ㄅㄨ可ㄎㄜ以ㄧ說ㄕㄨㄛ你ㄋㄧ要ㄧㄠ尿ㄋㄧㄠ尿ㄋㄧㄠ唷ㄛ。」
「好ㄏㄠ，那ㄋㄚ我ㄨㄛ現ㄒㄧㄢ在ㄗㄞ先ㄒㄧㄢ去ㄑㄩ尿ㄋㄧㄠ尿ㄋㄧㄠ，等ㄉㄥ我ㄨㄛ。」

「你看，我會自己穿鞋子了！
不要丟下我。」

好了，出發。

「哥哥，快點、快點！」

玲玲興高采烈的跑了起來。

既衝突又親愛的手足之情　　莊世瑩｜童書作家

筒井賴子和林明子於 1976 年首度合作了《第一次出門買東西》，出版後深獲好評，
至今仍是日本跨越世代的「國民愛書」。這對善於表現兒童日常生活的黃金拍檔，總
共合作了六本書，在 1981 年出版的《帶我去嘛！》，是她們第四度的合作。

筒井賴子原任職於廣告公司，在三個孩子陸續出生之後，這位全職媽媽滿懷人母的心
情，全心觀察自己的小孩，以他們為角色原型，寫下富含生活氣息的故事，並隨著孩
子的成長，她的故事展現出不同年齡階段的行為和身心變化。

《帶我去嘛！》生動的上演了一齣妹妹和哥哥的互動喜劇。一個夏日的午後，哥哥想
趁著妹妹不注意的時候，悄悄獨自出門去捉昆蟲，沒料到接連三次，都被機智的妹妹
逮個正著，這「三出三擒」的情節，猶如三幕劇的結構層層推進，雖然只是生活中平
凡的事件，卻充滿了諜對諜的張力。

這個「愛哭愛跟路」的妹妹，不斷的央求哥哥帶她一起出去玩，筒井賴子運用簡潔明
朗的文字，展現小小跟屁蟲勇敢爭取和鍥而不捨的決心，以及表達哥哥從不耐煩到接
受小跟班同行的心情轉折，細膩又幽默的敘寫手足之間既衝突又親愛的感情，同時為
兩個角色發聲，引發讀者從不同立場做換位思考。

林明子以純淨的色彩和完美的線條勾畫出童年的形象，清新靈動的畫風準確的把握住
兒童的特點和情緒感受，精妙的描繪出孩子的神態和動作，妹妹可愛和耍賴的舉止，

哥哥最初嫌棄到最後憐愛妹妹的眼神，林明子快樂的運筆節奏，將濃厚溫暖的兄妹之情體現得淋漓盡致。

她還在圖畫中埋藏了豐富的細節，無論是房間的陳設、牆壁上的塗鴉，還是妹妹的家家酒玩具、布偶和書本，這些充滿生活感的物件極易喚起小讀者的共鳴。從書封和書背的插畫中，妹妹終於戴上了藍帽子，手拿著捉到蜻蜓的捕蟲籠，臉上掛著滿足的笑容，雖然我們只能想像他們在戶外遊歷的過程，卻真確的感受到他們的幸福。

林明子曾說過，在繪本創作中，圖和文的關係就像雞蛋湯，一開始蛋白是蛋白，蛋黃是蛋黃，但是成書後，蛋黃和蛋白就融為一體了。她的圖畫擴充了文本，讓筒井賴子心甘情願刪減了自己的文稿，成為更精練、更親近孩子的繪本語言。

兩位文圖作家溫柔專注的凝視著兒童真實的生活，這些簡單而熟悉的故事幾乎日日在身邊上演，她們卻能捕捉到孩子重要的溫馨時刻，不僅得到孩子的同情和理解，這一本充滿心的力量的好書，也同樣讓與孩子共讀的大人樂在其中。

作者 筒井賴子

1945 年日本東京都出生。著有童話《久志的村子》與《郁子的小鎮》，繪本著作包括《第一次出門買東西》、《佳佳的妹妹不見了》、《佳佳的妹妹生病了》、《誰在敲門啊》、《去撿流星》、《出門之前》、《帶我去嘛！》等。

繪者 林明子

1945 年日本東京都出生。橫濱國立大學教育學部美術系畢業。第一本創作的繪本為《紙飛機》。除了與筒井賴子合作的繪本之外，還有《今天是什麼日子？》、《最喜歡洗澡》、《葉子小屋》、《麵包遊戲》、《可以從 1 數到 10 的小羊》等作品。自寫自畫的繪本包括《神奇畫具箱》、《小根和小秋》、《鞋子去散步》幼幼套書四本、《聖誕節禮物書》套書三本與《出來了 出來了》，幼年童話作品有《第一次露營》，插畫作品包括《魔女宅急便》與《七色山的祕密》。

譯者 游珮芸

寫童詩也愛朗讀詩。常早起到海邊、湖邊看日出、散步，也喜歡畫畫、攝影。覺得世界上最美的是變化多端的朝霞和雲彩。臺大外文系畢業、日本御茶水女子大學人文科學博士，任教於臺東大學兒童文學研究所，致力於兒童文學／文化的研究與教學，並從事兒童文學相關的策展、出版企畫、創作、翻譯與評論。

國家圖書館出版品預行編目 (CIP) 資料

帶我去嘛！/ 筒井賴子文；林明子繪；游珮芸譯.
-- 第一版. -- 臺北市：親子天下股份有限公司, 2023. 06
36面；21x20公分. --（繪本；326）
國語注音
譯自：おいていかないで
ISBN 978-626-305-476-9（精裝）

861.599   112005598

繪本 0326

帶我去嘛！

文｜筒井賴子　圖｜林明子　翻譯｜游珮芸

責任編輯｜張佑旭　美術設計｜林子晴　行銷企劃｜翁郁涵、張家綺
天下雜誌群創辦人｜殷允芃　董事長兼執行長｜何琦瑜
媒體暨產品事業群
總經理｜游玉雪　副總經理｜林彥傑　總編輯｜林欣靜　資深主編｜蔡忠琦　版權主任｜何晨瑋、黃微真

出版者｜親子天下股份有限公司　地址｜台北市 104 建國北路一段 96 號 4 樓
電話｜（02）2509-2800　傳真｜（02）2509-2462　網址｜www.parenting.com.tw
讀者服務專線｜（02）2662-0332　週一～週五：09:00~17:30
傳真｜（02）2662-6048　客服信箱｜parenting@cw.com.tw
法律顧問｜台英國際商務法律事務所‧羅明通律師
製版印刷｜中原造像股份有限公司
總經銷｜大和圖書有限公司　電話：（02）8990-2588

出版日期｜2023 年 6 月第一版第一次印行
定價｜350 元　書號｜BKKP0326P　ISBN｜978-626-305-476-9（精裝）

───────────────────── 訂購服務
親子天下 Shopping ｜ shopping.parenting.com.tw
海外‧大量訂購｜ parenting@cw.com.tw
書香花園｜台北市建國北路二段 6 巷 11 號　電話（02）2506-1635
劃撥帳號｜ 50331356　親子天下股份有限公司

立即購買 ＞